DE LA FIÈVRE
ANTI-UNIVERSITAIRE.

ÉPITRE

A M. Ch. de Lacretelle,

MEMBRE DE L'ACADÉMIE FRANÇAISE,
PROFESSEUR D'HISTOIRE A LA FACULTÉ DES LETTRES DE PARIS, ETC.

A l'occasion de son dernier discours à la Sorbonne.

Par M. J. Michel BERTON.

PARIS.

CHEZ PAULIN, LIBRAIRE-ÉDITEUR,

RUE DE SEINE, 33.

—

MAI 1844.

A M. Ch. de Lacretelle,

MEMBRE DE L'ACADÉMIE FRANÇAISE ,
PROFESSEUR D'HISTOIRE A LA FACULTÉ DES LETTRES DE PARIS, ETC.

ÉPITRE

Sur la fièvre anti-universitaire.

Sur mon lit d'insomnie, hélas! et de souffrance,
Je languissais encor, cloué par ordonnance,
Quand le rapide éclat de votre ovation,
Aux applaudissements d'une foule idolâtre,
Franchissant la Sorbonne et son amphithéâtre,
Jusques à mon chevet, touchante vision,
Du poëte à mon front a rendu l'étincelle.
Clio vous couronnait; quarante ans de bravos
Suivaient de vos leçons les éloquents tableaux.
Le cygne de Mantoue au nom de *Lacretelle*
M'est apparu. J'ai vu le bras du vieil Entelle,

Se dégageant du ceste, et jeune de courroux,
Sur un autre Darès précipiter ses coups.
La fièvre a suspendu les siens dans mes artères,
Qu'elle battait d'un fouet à l'ortie emprunté.
Elle fuit : le sommeil enfin m'a visité.

Ce mal dont je combats les assauts délétères,
Par l'extrait concentré, grâces à *Caventou* (1),
Du trésor végétal conquis sur le Pérou,
Et jadis à poids d'or vendu par les jésuites,
Rois de l'âme et du corps, du Maule à Bogota*,
Ce mal est un fléau qu'un démon inventa,
Mais dont Hygie à temps peut amortir les suites.
Quant aux fièvres de l'âme, ô vénérable ami !
A celles dont la France a trop longtemps gémi,
Dans quel laboratoire en chercher le quinine ?
Dans ces fastes peut-être où Tacite burine,
Où vous dictez... Ainsi la ligue et ses fureurs,
Et la démagogie et ses sombres erreurs,
De stigmates brûlants flétris dans leur délire,
Des partis immolés expieront le martyre ;
Oui, de leurs noirs transports vos immortels écrits
Laissent tous vos lecteurs préservés ou guéris (2).

* Le Maule, fleuve du Chili.

Dans les rangs du clergé quelle fièvre transpire?
Celle du démagogue ou du ligueur? Non, non :
Elle circule à froid, et l'on cherche son nom.
L'Église, recueillie en son giron, attire
Des millions de cœurs convertis à ses lois.
Eh quoi ! régner en Dieu ne saurait lui suffire?
A la chaire profane en aveugle elle aspire ;
Ou plutôt une ligue, en usurpant sa voix,
Tonne sur la famille et l'état à la fois.
Un peuple d'apostats ose-t-il la proscrire?
Contre elle, fors le tzar, quel Julien conspire (3) ?
Dans les rangs de la ligue, au nom de liberté,
Des croix de missions l'étendard est porté.
Il suffit : Loyola la dirige et l'inspire.
De son esprit fatal je récuse l'empire.
Qu'il souffle de Fribourg, Saint-Acheul, ou Louvain,
Ou de Rome, qu'importe? A Rome est la poignée
De sa lance en arrêt sur la France indignée.
Son humilité masque un orgueilleux levain,
Que veut-il? moins que rien ; précepteur de l'enfance,
Contre un savoir pervers la tenir en défense,
Injecter goutte à goutte en son frêle cerveau (4)
Ce qui lui faut d'histoire et dans un jour nouveau.

Sous sa férule on voit la vérité pudique,
D'un cilice matant sa nudité classique,
Sur sa guimpe croisant les bras, à pas comptés,
S'avancer à l'assaut des quatre facultés.
Patron dominicain, le froc de Lacordaire (5),
Des Belloy, des Noaille, ose envahir la chaire;
Puis un ex-magistrat s'y prélasse, et voilà
Son zèle fastueux confessant Loyola.
Le mot d'ordre est donné ; du haut clergé les princes
Vont d'un tocsin dévot éveillant leurs provinces,
Menacent d'interdit nos colléges, leurs droits,
Ceux du trône, en un mot de l'Église et des rois
Leur anathème altier frappe la fille aînée.

Dieu nous garde par eux de la voir gouvernée !
Gloire à vous qui savez dignement la venger
Des Zoïles bénis qui l'osent outrager !
Vous l'un de ses flambeaux, brillant sans crépuscule,
Quand vous la défendez, on admire un émule
Du pieux Fénélon et du sage Rollin,
Vers le progrès chrétien la guidant par la main.

De l'Université maintenons l'existence...

Mais à tout admirer dans ses lois je balance.

Sans doute elle a vieilli depuis le grand Gerson.

L'empereur l'exhuma ; mais à son front rigide

Ce génie absolu laissa plus d'une ride.

L'enseignement lui doit par tête une rançon,

Et la griffe du fisc salit son écusson (6).

La Charte l'a promis, affranchissons l'école

D'un tribut qui devient le sceau du monopole.

Libre sous garantie écrite dans la loi,

Laissons-lui, respectant la famille et la foi,

Le droit d'initier les fils de la patrie

A la science, aux arts, flambeaux de l'industrie,

Aux lettres dont le culte, honneur des gens de bien,

Délasse le guerrier, forme le citoyen (7).

« Tout vice, dit Montaigne est issu d'ânerie. »

Éclairer les esprits c'est donc sauver les mœurs.

De l'église à ces mots écoutons les clameurs.

— « Les sauver ! voyez-vous la jeunesse, flétrie

» Par vos lueurs d'enfer, à l'abîme accourir ?

» De leur charme fatal nous voulons l'affranchir.

» Oui, la corruption du siècle la dévore.

» Du venin des plaisirs enivrée, elle adore

» Le veau d'or et les sens, ces dieux de son orgueil,

» De la Sion nouvelle elle insulte le seuil... »

— A ces emportements d'un zèle fanatique
Répondrai-je en montrant le démon catholique
Qui d'un fer béni frappe un peuple de chrétiens,
En criant : « Dieu saura reconnaître les siens? »
De l'inquisition dois-je évoquer les flammes?
Démasquer par milliers des tartufes infâmes?...
Ah ! des vices du jour moi-même épouvanté,
J'y pressens le tombeau de notre liberté.
Mais l'Université, non plus que sa rivale,
Tiennent-elles en France école de scandale?
Des deux parts calomnie!... Un germe corrupteur
Fermente, dites-vous, au préau du collége.
Mais l'élève vit-il en cellule? et son cœur
Sait-il fuir au dehors l'exemple qui l'assiége?
De son sang à seize ans peut-il glacer l'ardeur?
Elle distille au cloître un poison sacrilége.
La Thébaïde même à l'esprit tentateur
N'interdit pas le toit de granit où l'ermite
Veille et prie : à l'autel il trouble le lévite (8).
Sous les frêles barreaux du sacré tribunal
Il l'obsède, enivré d'un souffle virginal.

Il souille l'encrier de plus d'un casuiste,
Et d'excès monstrueux il lui dicte là liste,
En un style éclipsant Pétrone et Martial (9).
S'il renie un Sanchez, pourquoi l'apologiste
De Loyola vient-il, sur de rares écarts,
Au mal universel conclure ; du déluge
Appeler les torrents sur vingt globes épars ,
Des recteurs, aux grands jours, innocents étendarts,
En jésuitière enfin rétablir le refuge
Dont Noé pour sa race éleva les remparts ?

Où insiste : « Admirez votre philosophisme.
» Il proscrit Condillac, prêche le panthéisme,
» Décrit sans correctifs, de Pythagore à Kant,
» Un arsenal d'erreurs dont un maître éloquent,
» Fascine en l'égarant le cerveau de l'élève (10). »
—Oui, souvent l'éclectisme a faussé la raison.
Pour celle des enfants le doute est un poison.
Je souhaite à leur âme un tuteur qui l'élève ,
Hors du joug de nos sens et de leur horizon,
Vers l'appui que la grâce offre à la conscience.
Elle a sa source en Dieu, comment sans l'invoquer,
Sans remonter à lui, saurait-on expliquer

La nature de l'âme et son indépendance
A qui nos sens grossiers doivent obéissance?
D'un programme éclectique on peut donc s'alarmer,
Si de ces vérités dédaignant de s'armer,
Il laisse à tous hasards flotter l'intelligence.
L'esprit demande à croire et l'âme veut aimer.
Mais l'université dans sa laïque essence,
Qu'elle doit conserver, force-t-elle au silence
Ces désirs dont le ciel daigne nous enflammer?
Où donc, méconnaissant la voix du divin maître,
Défend-elle à l'enfant d'arriver jusqu'à lui?
Quel collége n'a point son autel aujourd'hui?
Si l'un d'eux a gémi de l'absence du prêtre,
Par ordre d'un prélat le prêtre l'avait fui.
.Des confesseurs du Christ un petit nombre à peine
De Calvin, de Luther y soigne le domaine.
C'est dans un coin obscur que le rabbin y va
A l'oreille du juif murmurer Jéhovah !

Ce que de nos ligueurs l'intolérance insulte,
C'est, au mépris des lois, la liberté du culte.
C'est la fraternité dans l'ordre et dans la paix
Qui, laissant de la foi régner le libre arbitre,

Confond tous les partis en un seul : les Français.

A mon tour je pourrais blâmer à plus d'un titre
Des travaux de l'enfant les programmes trop lourds.
J'ai du philosophisme effleuré le chapitre.
Pourquoi durant sept ans cumuler dans leurs cours
Le latin et le grec et ce vaste accessoire
Qui de traités sans fin écrase leur mémoire?
Sans fruit pour leur cerveau, pourquoi d'un long pensum
Du maître au moindre écart venger le decorum ?
En un type commun faut-il d'ailleurs refondre
Par mille instincts divers les esprits dominés,
A l'œuvre sociale en naissant destinés,
Et dont chaque famille au pays doit répondre?
Eprouvons au creuset du baccalauréat
Des offices publics le nouveau candidat.
Mais est-ce tout? — Le peuple ouvrier, agricole,
Commerçant, à sa porte attend aussi l'école.
Aux arts industriels, mamelles de l'état,
Des Jacquard, des Dombasle, ouvrons le doctorat.

Tout rhéteur de vingt ans vise à l'Académie.
Aux engrais paternels appliquant la chimie,

Il se plairait aux champs par ses soins fécondés,
Il verrait ses métiers par ses labeurs soldés.
Libre et fier, il serait l'honneur de son village.
Poëte, de son père escomptant l'héritage,
Au journal, au théâtre, humiliant sont front,
Chaque jour d'un refus il mendîra l'affront,
Grossira des Gilbert le long martyrologe ;
Ou bien aux Pas-Perdus il traînera sa toge,
Jusqu'à ce qu'aspirant, surnuméraire enfin,
Titre qui dut payer un vote de famille,
A chaque session, vassal d'une apostille,
Des bribes du budget il attendra son pain.

Du Tage à la Néva vingt nations amies,
Dans le progrès moral par la paix affermies,
Nous offrent leur langage à comprendre, à parler.
Dotons-en le pays. Sans être humanitaires,
Sans prétendre calquer leurs trésors littéraires,
Sur un type français sans vouloir modeler
Leurs franchises, leurs goûts, leurs mœurs et leur génie,
Dissipons les brouillards qui, sur nos vieux confins,
Du monde policé nous barrant les chemins,
Du bien-être commun suspendent l'harmonie.

Sur des ailes de feu, dans la France aplanie,
Mille chars engagés en vingt lignes de fer
Vont, d'éclairs précédés, raser les champs de l'air,
Et dévorant la houille, et l'espace, et les heures,
Des royaumes lointains rapprocher nos demeures.
Montrons-nous-y Germains, Slaves, Italiens.
De la fraternité nouons-y les liens.
Usons à ce contact la chaîne despotique
Qui du trône à l'autel, sous sa rouille gothique ,
Court, et de ses anneaux à leur base rivés
Oppresse impunément les peuples énervés.
Des produits de leur sol douons notre industrie.
Ils n'ont que la famille, ayons mieux : la patrie.
Mais gardons de livrer au zèle ultramontain
Nos fils, nos libertés, notre avenir enfin (11).

O vous dont l'éloquence aux échos de Sorbonne
Rend le code immortel par Bossuet tracé,
Par l'Eglise de France aujourd'hui délaissé,
Et dans son intérêt la rappelle, égarée,
Au soin de nous guider sur la route sacrée
Qui conduit, hors du monde, au royaume de Dieu ,
Faites-vous à la chaire un éternel adieu ?

Non. Par ce front si calme, où couve sous la neige
Le feu toujours ardent des nobles passions,
Ne l'abandonnez point au parti qui l'assiége.
Elle vous rajeunit. Oui, sans illusions,
Comme en vos plus beaux jours, nos instincts de collége
Les plus purs uniront nos mains pour applaudir,
Nos cœurs pour vous aimer, nos voix pour vous bénir.

NOTES.

1 Au nom de M. Caventou l'on doit ajouter celui M. Pelletier. On sait que ces habiles chimistes n'ont point voulu s'assurer, par un brevet d'invention, le monopole du sulfate de quinine, et ont généreusement initié à sa composition tout les pharmaciens du royaume.

2 Allusion aux deux ouvrages de M. Lacretelle : l'Histoire de la Révolution, faisant suite à celle du dix-huitième siècle, et l'Histoire des guerres de religion.

3 On connaît les persécutions de l'empereur de Russie contre l'église catholique, notamment dans l'ancienne Pologne russe et dans le dernier débris des états de Casimir le Grand, qu'il vient d'incorporer à son empire, au mépris des stipulations du congrès de Vienne. On connaît aussi les impuissantes protestations émanées de la chaire de Saint-Pierre.

4 Allusion aux histoires de divers peuples, et spécialement à celle de France, fabriquées par le père Loriquet, par M. Delandine, etc.

5 On sait que M. Lacordaire s'est fait recevoir dans l'ordre des Dominicains, et en a porté le costume dans un pays où les anciens ordres religieux ont été supprimés par une loi toujours en vigueur.

6 La suppression de la rétribution universitaire payée par chaque chef d'institution, au prorata du nombre de ses élèves, est le vœu des amis les plus sincères de l'Université de France. Nous ne confondons pas avec cette rétribution la taxe de 15 francs versée par l'élève au secrétariat des académies en prenant ses inscriptions, notamment aux écoles de droit et de médecine, et les droits d'examen qu'il paye pour le baccalauréat et les autres grades dans les diverses facultés. Une partie de cette somme est la légitime indemnité du temps employé par les examinateurs en dehors de l'exercice du professorat pour lequel un traitement fixe leur est exclusivement alloué.

7 Exiger de tout citoyen qui veut fonder une maison vouée à l'enseignement secondaire l'autorisation du gouvernement, c'est retirer la liberté promise par la Charte ; mais l'état a le droit, il est même de son devoir, d'exiger des attestations de savoir et de moralité, délivrées d'après des conditions tracées par la loi, et il n'est pas d'écoles dont il ne doive surveiller l'enseignement dans l'intérêt de la morale publique et religieuse. Si les études y sont faibles, c'est à leurs risques e tpérils.

8 *Quare tristis incedo dum affligit me inimicus? Quare tristis es,*

anima mea, et quare conturbas me? telles sont les paroles du Psalmiste que le prêtre prononce, au pied de l'autel, à l'introduction de la messe.

9 Les cas de conscience du révérend père jésuite Sanchez ont été reproduits, dans le cynisme de leur latinité, pour l'instrution des aspirants au sacerdoce, notamment dans le diocèse du Puy. Un des hommes dont nous honorons le plus le talent et le caractère, le pasteur de l'église protestante de Paris, M. A. Coquerel, nous en a cité des passages dont nous n'oserions souiller notre plume en les transcrivant dans cette langue dont Boileau a dit :

Le latin dans les mots brave l'honnêteté.

10 Si l'étude de l'histoire de la philosophie peut convenir à quelques esprits d'élite, elle est pleine de danger à l'âge où elle est imposée aux aspirants au baccalauréat.

Ecoutons M. Cousin (*Cours d'histoire de la philosophie* , 1829, tome I, p. 170) : « L'histoire de la philosophie ne crée pas les sys» tèmes philosophiques. Elle les constate et les explique; sa tâche » est de *n'oublier aucun* des grands systèmes que l'esprit humain » a produits et de les comprendre en les rapportant à leur principe : » savoir, l'esprit humain, cet esprit que chacun de nous porte tout » entier en lui-même, que chacun de nous peut donc étudier et con» sulter en lui-même, afin de le comprendre dans les autres, de » comprendre tout ce qu'il y a produit et tout ce qu'il y peut produire. » Ainsi débute M. Géruzez, copiant les paroles de son maître dans le cours rédigé *d'après* le programme du baccalauréat, et le manuel du baccalauréat analyse le cour de M. Géruzez.

L'on veut donc qu'un enfant de dix-sept ans n'oublie aucun des grands systèmes que l'esprit humain a produits; c'est impossible.

On lui enseigne qu'*au début* de l'esprit de l'homme la foi religieuse se prend à tout... que l'explication et l'examen des vérités *saisies spontanément refroidit la foi, en fortifiant la pensée*. (*Ibid.* p. 204 et 205.) Pourquoi parler de foi quand il ne s'agit que de la crédulité païenne dans une histoire de la philosophie où Moïse et la Genèse ne sont pas même nommés ?

Citons encore : « L'esprit humain, après avoir traversé le scepti» cisme qui conduit au nihilisme, remonte à une source nouvelle, à » celle d'où dérivent ses premières connaissances : la spontanéité. » Comme Dieu s'est révélé quelquefois, et qu'il n'a jamais trompé, » il s'adresse à lui, il entre ou prétend se mettre avec lui en communi» cation directe; de là le mysticisme, qui a aussi sa part de vérité puis-

» qu'il existe. Le mysticisme dégénère bientôt et plutôt que tous les
» autres systèmes ; il enfante presque à sa naissance l'extase et la
» magie, source de crimes et de folies. » (*Ibid.* p, 207,)

A qui Dieu s'est-il révélé quelquefois dans les premiers âges du
monde païen, le seul dont vous parlez? Il n'y a pas de Français,
quel que soit son culte, qui connaisse, avant l'avénement de Jésus-
Christ, d'autre révélation qui ne trompe pas que celle faite au premier
homme, à Noé, à Abraham, à Moïse.

« La théologie, dit M. Géruzez, relève de Dieu par voie d'inspira-
» tion ou de révélation : la philosophie *relève de l'esprit humain.*
» C'est l'homme essayant d'embrasser, par la seule force de sa pensée
» indépendante, Dieu, la nature et lui-même.» (*Ibid.* p, 209.) *La saine
philosophie*, la seule qu'il faille enseigner, relève de Dieu par l'esprit humain, émanation de Dieu, par l'esprit humain, qui s'égare dans
son indépendance, s'il ne fait avant tout usage de ce libre arbitre pour.
se rattacher à Dieu, son tuteur et son guide.

« Mais nous suivons la méthode de *Descartes.*» Il est inutile alors
de nous plonger dans le chaos des systèmes de Pythagore, d'Anaxa-
gore, de Zénon, d'Aristippe, d'Épicure, d'Aristote, de Platon, de Phi-
lon, de Proclus. Après avoir dit, avec Descartes, au début de votre
cours de philosophie : *je pense, donc je suis,* ajoutez immédiatement:
je pense, donc Dieu existe; ajoutez ensuite : Dieu s'est révélé à l'hu-
manité pervertie, *le Verbe a été fait-chair, et il a habité en nous.*
Vérité fondamentale, commune à tout le monde chrétien.

Dans le manuel du baccalauréat la théodicée est irréprochable ;
mais c'est dans la métaphysique, tronquée sous le nom de psychologie,
qu'il fallait démontrer l'existence de Dieu, dont l'âme n'est qu'une
émanation. On eût ainsi rassuré la conscience de beaucoup de pères
de famille, et ôté au clergé tout prétexte de censurer l'enseignement
philosophique des colléges.

Sur la morale, le Manuel du baccalauréat dit (2me partie, p. 185,
Devoirs envers l'état): «L'homme privé doit à l'homme public obéis-
» sance active lorsque la prescription est conforme à la loi; obéis-
» sance passive lorsqu'elle y est contraire. Gouvernant, l'homme
» doit aux gouvernés justice, sécurité, moyens de perfectionnement,
» sous le rapport moral, intellectuel et physique, etc. Gouverné, il
» doit aux gouvernants obéissance active lorsque la prescription est
» conforme à la loi; obéissance passive lorsqu'elle y est contraire. »

Tout cela est applicable en Chine comme à Maroc. Qu'est-ce que
c'est que l'obéissance active? en quoi diffère-t-elle de la passive? Il
n'y a pas de despote qui ne se contente de celle-ci. Au. reste, pas un mot

des droits du citoyen, bornés par ses devoirs et réglés les uns et les autres par la loi, expression de la volonté généralement représentée, d'après l'organisation constitutionnelle.

Quant aux devoirs de l'homme relativement au corps, trois mots (*Ibid.* p. 184) : *mesurer son travail à sa force, sa nourriture à son estomac, le repos à sa lassitude;* et les voluptés qui l'énervent et le tuent, les passions dont le désordre se communique à ses organes, le calme de l'âme qui le fortifie, on n'en dit rien !...

Le manuel philosophique du baccalauréat doit donc être modifié dans l'intérêt bien entendu de l'université elle-même.

11 Une partie du clergé et l'université ont engagé une lutte d'autant plus fâcheuse qu'elle fait perdre de vue le véritable esprit dans lequel la liberté d'enseignement a été promise par la Charte, dans des limites et sous des conditions que le bon sens public acceptera toujours. Nous voulons parler de la concurrence des établissements destinés à propager l'instruction professionnelle, la connaissance des langues vivantes ; à faire que nous soyons un peu plus de notre temps et de notre pays, temps de progrès religieux, moral et industriel, pays de propagande pacifique et civilisatrice au dehors, et au dedans de sage liberté.

Le 3 mai 1844.

PARIS. — IMPRIMERIE DONDEY-DUPRÉ,
Rue Saint-Louis, 46, au Marais.